다 끝난 것처럼 말하는 버릇

이명선

시인의 말

그럴 만했겠지만 그럴 리 없다는 생각에 나도 모르게 되돌
아서서 이 밤과 쓰고 남은 몇 개의 위로를 동봉해 보냅니다
우리의 순간들이 조금은 수월했으면 좋겠습니다 순간순간
이 아무것도 아니게 되는 순간까지

2022년 5월

이명선

다 끝난 것처럼 말하는 버릇

차례

2부 사소하거나 지나가거나 어쩌면 특별한

3부 다가올 외면들이 말을 걸어 오는 저녁

1부

어림없는 이야기를
어림잡아 보려는 사람처럼

가족력

가족력은 불치가 아니고 완치가 어려운 난치였지만 형의 파리지옥처럼 끈끈해 병은 아니라 생각했다 구태의연하게 늘 도망치는 꿈을 꾸었다 같은 밑바닥을 가지고 있는 우리의 삶에 빛을 들이듯 서로의 어린 체온 속을 파고들다 잠이 들곤 했다 형의 방에선 침엽수가 자라고 거들먹거리는 형이 싫어 가끔은 거들 말을 찾아보았다

귀신은 뭐 하나 몰라 저런 걸 안 잡아 가고

말하지 않으면 가족인 줄 모르는 그런 가족을 이상적인 가족이라 생각했는데 다짜고짜 한 방 먹이다가도 결정적일 때 한 방이 되어 주던 형. 한 방은 내가 낼 수 있는 가장 큰 목소리요 믿는 구석이기도 했다 형의 닫힌 방에선 침엽수가 세차게 자라고 형이 키우던 파리지옥은 며칠째 잠만 자고 있다

나는 가족력을 다시 찾아보았다

막역하던 사람이 막연해질 동안

당신의 추도식이 있는 성당 맞은편으로 주말이면 플리마켓이 열린다 자유로운 추모 속에 사이프러스 이파리가 반짝이고 어린 무법자의 양손에는 아침을 씻어낸 작은 고양이가 안겨 있다

철망을 넘어 돌아오지 않는 아이들이 생겨나 빗장에 걸어 둔 오후가 여린 맥박처럼 몰려다녔다

막역하던 한 사람이 막연해지는 동안 우리는 언제나 호의적인 사람 곁에서 아름다운 착지와 희망을 이야기한다 어둠이 기거하던 철망 너머 불 꺼진 방과 저무는 도시의 창문을 장밋빛으로 물들일 수도 있다

당신의 날씨에서 빠져나온 오래된 종려나무 화석과 여러 지명이 찍힌 낙과들이 물들어 갈 때 고양이 앞에 웅크린 무당개구리의 점액질에서 치명을 빼면 무엇이 남을까

죽이 잘 맞던 애인과 둔덕이 많은 도시를 찾다 잠든 밤에도 네일숍 간판은 여전히 깜빡이고 곳에 따라 흩뿌리는 비

여긴 대체로 일조량이 적어 아침에 눈을 뜨면 확신이 들거나 수월한 일이 없었다

비수기

말귀는 어둡고 잠귀는 밝아

　새벽빛이 가시지 않은 시각 맞은편 다니엘복지원 간판은 켜져 있었다 새벽 미사에 가는 노모의 뒷모습은 내가 쳐 놓은 철벽보다 더 고요해 편의점에서 작은 선인장을 샀다 물을 주지 않아도 선인장은 몇 달 하고도 며칠을 자라 줄 것이다 솜털 같은 잔가시가 나를 찌를 때까지

　그날 헐렁한 속내를 내보인 건 나의 생활이 뒤돌아볼 여지를 주지 않아서였다

　한번 생각해 봐 어느 순간 제대로 된 숨통을 쥐고 흔들 수 있는지

　비수기에는 모든 발소리가 크게 들린다 모두 개소리야, 라고 말하는 순간 지나가는 빗소리로 맞아 본 적 있는지 묻고 싶었다

많은 노력에도 불구하고 그들만의 세상 앞으로 나를
데려다 놓을 수는 없었다 내가 변한다 해도 다가올 휴
거와 노모의 기도는 우회하지 않는다는 가설에 성호를
긋자 슬픔이 만져졌다

지켜 온 종량대로 살다 보면 나의 휴거는 더 멀어질
것이다

부흥회

네 이웃을 네 몸같이 사랑하지 않더라도 농담을 진담
처럼 진담을 농담처럼 받아 주는 네가 모퉁이 집에 아
직 살 것 같고 구하려는 문이 달라 교회 앞 절반은 절벽
일 것 같고 너에게 일어난 일이 내게도 일어날 것 같아
도벽이 도지는 날이면 낙석을 보러 갔다

상처 많은 네 손을 잡고 여름성경학교에 가는 길목에
는 체험할 것도 많았고 어미 개가 빈 젖을 덜컹이며 어
슬렁거리는 공터에는 심령부흥회 현수막과 대형 솥단
지가 걸려 있어

기대에 부응해 갈 때

비로소 모두의 형제요 자매가 되는 신천지에서 너와
내가 알고 있는 우리의 비극이 우리인 것처럼 일찍부터
단상에 오른 어느 형제의 간증이 밖으로만 새 나가 모인
사람 절반은 독신자 같은 얼굴을 하고 있었다

나는 그들의 간증을 맹목적으로 맹신하고 싶어졌고
개가 어둠 깊숙이 신을 물어다 놓는 동안 찾을 수 없는
신神이 수두룩해 개가 어두워지고 방에 둘러앉은 우리
가 한때 단란한 가족이 될 거라 믿어 의심치 않았지만

　믿음과 가족은 체념할 것이 많았다

내 눈치도 좀 보고 살 걸 그랬다

마음이 마음 같지 않아 천천히 병을 얻었다

생각날 때 밥을 먹고 너와 함께 골목을 걸어 봐도 내 골목은 끝으로 갈수록 말수가 적어졌다

아무 날엔 사랑에 빠진 사람처럼 사랑을 이어 불렀지만 엄마의 딸이라 말 못 하는 헛꿈만 꾸곤 했다

나를 앞질러 가는 세상에 적의가 있었던 건 아니다

어림없는 이야기를 어림잡아 보려는 사람처럼 한 발 뒤로 물러나 나 같은 사람을 쳐다보았다 아무 날은 아무렇지 않길 바라며

겪지 말아야 할 일을 일찍 겪은 사람과 겪을 일을 먼저 겪은 사람에게도 남은 미래가 있어 나를 보면 조바심이 난다는 엄마의 말을 수긍하기로 했다

이 골목에 비가 그치면 반짝 낮더위가 시작되겠지만 늘 그렇게 무엇엔가 홀려 왔던 것처럼 나를 넘겨짚다가 골목의 끝과 마주한다

이럴 줄 알았으면 다른 눈치 말고 내 눈치나 좀 보고 살 걸 그랬다

중세

내가 읽고 있는 중세는 드래곤의 출몰이 잦았다

오랫동안 왕가의 휘장에 가려져 있던 드래곤의 출몰로 밀밭과 구릉이 연기에 휩싸이곤 하였다 포문을 연 기사단의 출정 소식은 바다를 건너며 출렁거리고 늦은 추수가 끝난 평원의 등 뒤로 석양이 어스름을 견디고 있었다

불멸의 하늘에서 드래곤이 붉게 몰려오고 있다

붉음은 속수무책으로 떨어지는 감정이라서 중세를 한눈에 볼 수 없었다 먹구름 속에 숨은 용족과 성루에 올라 파수를 서는 아이를 보았다 중세와 중세를 잇자 성곽이 나타나고 요새와 요새를 빠져나간 불타는 마을이 보였다

동쪽 탑에서 연기가 솟아오른다 날아다니는 불의 드래곤은 현신한 신의 모습 같아 때때로 신도 저렇게 가혹

할 수 있을까 석궁을 쥔 손에 힘이 들어갔다

　살수가 되려는 우리는 붉은 하늘 위로 비난의 화살
을 쏟아붓고 있었다 신과 용족은 사과의 말을 모르고
승리의 노래는 들려오지 않았다 오직 중세는 칠흑의 밤
이 찾아와 변명의 중세를 지나는 중이었다

　조약을 맺기도 전에 뜯겨진 중세의 연대와 연보를 도
무지 찾아낼 수 없었다

이니셜을 새기는 일

싹둑

생각이 머물다 풀리면
그로부터 믿음과 미움은 바이러스처럼 자라나

깊은 눈
협곡을 오르는 줄기가 자라는 방
방이 낙하하는 속도감으로 다시 물들 수 있을까

잘 안다는 생각에
자꾸 게을러지는 것이 함정이라며 내밀해지는 방의
내부자들

하늘을 봤지
흑백의 방에서

무엇을 올려본다는 것은 색다른 놀이를 기억하는 즐
거움

앞뒤 재지 않는 너를 향한 나의 편집

난색으로 물든 아침
난청의 웅덩이에서 몸을 적시는 나비가 있었지

나비야
사소한 나비야
물에 비친 실루엣까지 날아오르렴
너의 결대로 바람대로 젖은 잎으로 비문을 펼쳐 놓고
흔들리는

어떤 색이 좋아요
척척하게 물어 올 때

구색에 맞게
몇 가닥 올이 풀어지는 소리가 들려

나의 몸에 너의 이니셜을 새기고 나서야

프리미엄

이기적이라는 말을 들었고 장지뱀이 꼬리를 자르고 꽃그늘 속으로 숨어들었고 비포장길 위에서 덤프트럭이 먼지바람을 일으키며 집 앞을 지나갔다

우리가 잠시 덜컹거려 꽃그늘이 휘청거렸다 먼지 구덩이에 앉아 딴전을 피우다가 누군가의 손을 잃기도 하였다

운명을 거스를 재량이 우리에겐 없고 그림자 지는 모양을 보아 예후는 좋지 않을 거라고 했다

다른 덤프트럭이 석면을 싣고 왕벚나무가 서 있는 산비탈을 내려오고 있다 너를 만지자 하얀 분진이 묻어나 맘껏 너의 손을 사랑해 보기로 하였다

문진하던 사람들이 확진되어 돌아오고 진단이 쌓여 약에도 프리미엄이 붙을지 모르겠다 방진복을 입은 사람들이 오후를 방역하듯 걸어 다니는 것이 보였다

그 밖을 수긍하고 수용하더라도

내 피부색은 바꿀 수 없고 검정엔 검은 규정이 없고 돌아가는 지구엔 도는 규정이 없고 한 사람이 세운 규칙엔 새로운 규정이 없고 규정을 한마디로 정리해 너에게 전해 줄 수 없고

설사 내 말이 틀린다 해도 헤아릴 가능성은 전례가 없고 나도 모르는 기분엔 빈틈이 없고 터널 속엔 오렌지색 지붕이 없고 도시엔 전경이 없고 스트라이크 존에서 스트라이크를 외쳐도 감정엔 스트라이크가 없고

비록 코너웍이 잘 된다 해도 지나간 승부처가 될 수 없고 잘난 인간에게 잘난 규정이 없고 그 밖을 수긍하고 수용하더라도

내 감정을 수긍할 수 없고

과거형

형이 잠깐 보자고 했다 형을 보는 일처럼 마음이 분주해지는 나의 과거형 안 본 사이 늙어 더 형이 돼 버린 그런

형

한때 우리의 안녕을 바란 적 있지만 한순간을 사는 우리는 불을 켜지 않아도 비치는 과거형

성수역일 수도 어쩌면 그다음 역일 수도 있지만 무엇을 말해도 바뀌지 않고 지나가서 믿는 게 진실이 되는

받아들일 건 받아들이자고 싫은 건 싫은 거라고 딱 그쯤에서 슬픔을 내려놓게 한 과거 형

모든 걸 함께하자며 서로를 너라 부르던, 선택의 순간에 문득 떠오르는 너라는 이야기가 이제 막 시작되는데

개찰구를 빠져나가는 과거형

익명의 사랑과 차명의 사랑 중 형은 어떤 사랑이 먼저
식었을까

당분간 암전

뻘 안의 나는 미끄럽습니다

차오르는 해변 너머로 오름을 오르는 사람들의 몸이
앞으로 기울어지는 것을 보았습니다

등대를 등지고 몰려다니는 어둠과 늪에 묻혀 있는 생
각은 내 곁에 있어도 보이지 않는다는 것을

왜 이제야 알았을까요

나의 틈을 누군가 읽어 내릴 때
갯벌은 발소리를 흉내 내느라 숨구멍을 들키고 만다
는 것을

나를 끌었던 것이 나를 떠나려는 어둠이었다면 몇 번
의 구멍을 들고 나야 나의 몸은 성체가 될까요

빨강 등대 아래로 사람들이 하나둘씩 사라질 때 군

락을 이루던 햇빛의 수군거림은 파랑주의보를 넘어갔
을까요

 슥 끼어들다
 쏙 들어간 우리는
 검은 바다에 둥둥 떠다니는 최적의 유기물들

 갯벌을 밀며 떠나가는 사람들로 바다는 당분간 암전

 순환 버스가 돌아 나가고
 좋아 보인다는 말은 이제 우리가 일렁일 시간이라는
뜻입니다

등정

　남십자성 아래 콘도르는 설산 위를 날다 흔들리는 덤
불 속으로 몸을 숨기는 설치류를 보았다

　야영지로 가는 길에 신들의 전생 이야기를 들으면 쉽
게 어두워지고 옛 우물터를 지나자 사람의 발길이 끊겼
다

　이미 벌어진 일은 참을 수 없는 일처럼 설산에 묻힌
어느 산악인을 위한 당부를 붉은 맘으로 써 내려갔다

　가도 가도 설산은 구름 위라서 야영지에는 원정의 캠
프가 꾸려졌다 날짐승 같은 하늘은 호의가 없어 쉽게
추론할 길이 보이지 않고

　모닥불로 밝히는 캄차카의 밤하늘은 쏟아졌고 마지
막 별이 지기 시작할 때 신의 입김이 닿지 않는 곳으로
당신을 보내기로 하였다

무신론자인 당신의 손에 잠자고 있는 반신반의의 신
을 깨우려 콘도르는 지금도 설산 위를 날고 있다

모두의 시선은 구름이 남하하는 협곡으로 모여들었
다 매듭 하나 걸어 둔 곳의 언 틈에서 바람의 운구 행렬
을 보았다

언제나 그렇듯 내가 아는 길은 바람을 감추지 않는
당신이거나 가 버린 봄처럼 선량하지 않아 당신에게 신
의 가호가 함께하기를

눈 내리는 설산에서 길은 어디로 가든 부단히 몸을
낮추려는 일에 익숙해야 했다

사람 위에 사람 없고 사람 아래 사람 없다는 말이

　종일 매달려 한 마리 짐승처럼 바람에 밟히다 보면 나의 안위를 생각해 줄 한 사람으로 오늘의 위안이 될까

　내지를 땐 내지르고 싶다가도 나를 다녀간 이의 뒷모습에 상처가 보여 여력 없다는 말에 눈앞이 사라지고 오늘의 안녕과 우리의 미래가 미수에 그칠 때 사람 위에 사람 없고 사람 아래 사람 없다는 말이 바른 기도 같아

　걸었다

　전시된 사진을 보며 사진전의 제목을 생각하다 내가 늘 문제라서 나답지 않기로 하였다

　뭉친 근육을 풀다 보면 집보다 밖에서 아침을 기다리게 되고 지나가는 사람에게 뭉개짐에 대해 귀띔해 주고 싶었다

사람은 고쳐 쓰는 것이 아니라면서 자꾸 고장 나서
사람에게로 되돌아가지 못할 계절이 돌아오고 있다

　사람을 지나다 보면 남 일 같지 않아 처음 본 사람에
게 도움을 청하기도 한다

구약

　무너진 신전 북쪽의 강을 탐험했지 장엄한 나무 그늘
과 그들의 미신을 데려올 생각은 없었어

　경사진 지붕 아래서 은둔하는 날에는 은괴를 잃은
표정으로 신들의 눈 밖에 날 수도 있어 떠나간 가족에
게 충실해야지

　단단한 선언이 있는 것처럼 오늘은 자욱한 심증으로
굳어지고 일련의 결심이 선다면 포기는 **빠를수록** 좋다
는 말을 들었지

　이곳에는 신들처럼 훌륭한 협상가가 없어 유서 깊은
취향처럼 아름다운 거짓을 찾는 일이 매번 일어나고

　평생 들을 준비를 하는 신전의 기둥은 옆으로 기울
어져 있었지 녹색섬광을 보게 될 마지막 증언대에 설 증
언자는 누가 될까

내려앉는 증언에 젖어들 때 맞은편에서 바람이라도
불었으면 좋겠어

은자의 말이 곧 잠언이 되던 때에도 소리는 침묵으로
빛은 어둠으로 가려졌지

우리는 연결점을 찾기 위해 녹슨 지붕 위에 올라가 결
의처럼 유유히 흐르는 강을 내려다보았어

2부

사소하거나 지나가거나

어쩌면 특별한

다 끝난 것처럼 말하는 버릇

내려다볼 수 있는 미래는 더 먼 미래로 가야 볼 수 있을까 말린 과일을 접시에 담으며 먼저 늙겠다는 네가 어느 순간 늙어 시계가 걸린 벽을 바라보았다 너의 테 없는 안경을 쓰고 양 떼가 이동 중인 초원을 거닐 수 있다면 움트는 새벽을 맞게 될지도 몰라 그간의 일에 슬픔이 빠지고

사람의 손을 네가 먼저 덥석 잡아 줄 리 없으니 내가 아는 너와 지금의 너는 다른 사람일 수도 있겠지만 다시 너에게 오는 사람이 지금의 너를 알아봐 주는 사람이면 좋겠다

나는 살갑게 네가 올려다볼 세상을 상상하면서 조금 더 늙어 버려 식탁에 앉아 말린 과일을 놓고 생애주기가 다른 바다생물 이야기에 벌써 눈부신 멸망을 본 듯 말하고 있다

다 끝난 것처럼 말하는 버릇을 우린 아직 버리지 못해서

가까운 소유

너의 눈 속에 나는 누군가로 시연되는 얼굴이겠지

나에게 너는 한순간도 없고
너에게 나는 영원히 없듯이

주말에는 소원해지자 만져지다 부풀어 최후가 되자

물의 근육이 뭉치다 풀려 흘러가는 전망처럼 네가 좋
아서 갖게 된 근성에 물타기는 계속될 거야

어제의 오목한 입술과 내일의 볼록한 말귀처럼
산호와 수초의 기척으로 자라는 수조 바깥처럼

나에게 너는 한순간도 없고 너에게 나는 영원히 없으
니 그래 잘 살자

누가 걷히는지
누가 뒤를 거둬 가는지

첫 가망을 전망하기란 혼자의 아침을 밝히는 촉만큼
어려워

너의 안팎으로는 또 다른 응시
나의 안목으로는 이 방을 갖기에 모자라는 문들

그 흔한 연고도 없이

나의 이야기를 들었다

누군가에게 전해 들은 나의 이야기로 나는 흥건한 바닥이 되었다

고시를 치를 생각 없이 고시원에 있었다 공직자처럼 공개할 재산이나 공제할 가족이 있었다면 고사했을 것이다

열대야에 선풍기를 틀어 놓고 물수건을 올리고 느린 밤을 밝히듯 삶의 낱장을 뜯으며 서로의 얼굴을 들여다봤다면

엎드려 자다 목마른 얼굴로 일어났더라면 그래서 우리가 언뜻 마주칠 수만 있었다면

흥건한 바닥에 배설된 우리가 떠다닌다

말 한번 섞어 본 적 없는 누군가의 입에서 입으로 전해 듣는 우리의 이야기는 작은 소란에도 불시에 솟구치려는 간헐천 같았다

두 평 남짓한 방에서 우리의 회고록을 쓴다면 공수래 공수거라 써야 할까 공공의 적이라 써야 할까

검은 마스크로 가린 칸칸의 방은 타 버린 낱장만큼 캄캄하고 우리는 그 흔한 연고도 바르지 못하고

없는 만큼만 없었으니 잃을 만큼만 잃어버린 우리의 영결식에 우리가 없어

한 사람씩 배웅하기 위해 마지막 불이 사그라지기 전 연고 없는 사람끼리 무기명 투표를 한다

오늘은 이 고시원에서 저 고시원으로 이주하기 딱 좋은 날이라 하였다

양화대교

나를 목전에 두고 그녀가 서 있다

허공을 입안에 넣고 굴리자 나열된 삶이 뜨거워 일
몰을 바라보지 않아도 그녀가 입체적으로 교차한다

까치발을 딛고 서 있는 시간이 나의 무게를 지탱할
수 있을까

새의 날개가 중력을 이겨내는 힘이라면 맨발이라는
생각

어제의 창문은 불투명하여 그녀의 빛깔이 흐려 보였
다

그녀가 무채색일 때 선명해지는 이유가 다리를 들어
올리려는 안간힘에 있다면 믿을까 믿어 줄까

새의 발자국이 다녀간 난간 위로 팽팽하게 다다른 바

람이 회전한다

　물의 고리가 풀리면서 단언은 양발을 씻어내듯 강으
로 떨어진다

　그녀를 납득할 때까지 시차를 두고 디딜 곳을 찾다가
죽을 맛이란 이상하리만치 동기가 없다는 것을 알았다

리히텐베르크 무늬*

기억나니, 이 노래
한쪽 청력을 잃고도 수많은 밤 너와 동행하던 이 노
래

어둠에 섞이듯 너는 밤의 모래시계 속에서 잠들곤 했
지 아침의 새가 부스스 날아오르고 나면 나는 도시의
윤곽을 한눈에 담았지

시행착오를 겪어 본 새가 관록의 창문을 가지듯 나
는 수면에 가까운 가면을 쓰고 네가 불려 나간 밤을 생
각해 눈부신 새의 말은 추상적인 언어겠지

내 속에서 웅얼거리다 휘발하는 한 음절 속 끊긴 반
음을 잇다가 순한 항거 같은 것은 없었다는 걸 생각해

오늘은 의상실 앞 계단에 앉아 지나가는 사람들을
바라보았지 혼잣말 같은 걸음으로 누군가 치수를 재러
오는 오후의 골목은 모두가 평온해 보이지만 너의 시간

은 골목의 시간보다 아쉽게 기울어져 앞세운 너를 뒤에
서 불러 세우는 이유가 되기도 하지

　우리의 시절은 글루미 선데이**

　예사소리처럼 네가 어느새 목전에서 아른거리지만
사랑도 삼박자가 맞아야 가능한 일 저무는 골목이 물드
는 미래 같아 만지면 부서질 것 같은 저녁의 문턱이 밉
진 않지만 후회는 왜 늘 나보다 먼저 오는지

　왜 죽음이 없는 사랑은 서로의 눈동자에 리히텐베르
크 무늬를 남겨 놓을까

　* 번개가 남긴 자국
　** 롤프 슈벨의 영화

탁란하는 기분

구 안을 배회하는 시계는 지루해
사시의 눈처럼 동시에 말하고 싶었는데

자책,
그런 거 하지 마세요

말없이 지나치는 말 위로 흐르는 것은 현상現像할 수
없는 현상

직접 닿는 조명으로 시간 날 때마다 껍질 속 기분을
빌리고 몇 가지 밝혀진 진실을 말하고 싶었는데

말 안 해

기본과 기분 사이
거푸 물에 헹궈내도 실핏줄 같은 실마리가 없는 타원
형의 행성

끓는점을 지나
좁아지는 산도를 지나
숨죽이며 부풀던 알집을 터트리고 비행운처럼 맞이
할까

원형은 외통수,
그 안은 밖의 세계보다 깊은 외계라서 숨 쉴 때마다
유사한 기분이 되돌아올 확률은 얼마나 될까

가령,
무너져도 금방 복구되는 안면처럼

실마리 없이 돌아다니는 세계는 지루해 사라질 수 있
을 만큼만 자라나는 나라서

흙의 감정은 재현되지 않는다

견디고 싶어서 한 사람의 고백을 듣기 전 무슨 말이라도 해야 했다 비를 기다리며 둥글어지는 땅의 체취처럼 장미가 붉어질수록 우리의 언어가 사라지는 것처럼

어떤 고백은 예상치 않은 곳에서 바라볼수록 침묵이 되어 돌아왔다

신열에 시달리는 당신의 독백을 짚어 보다가 우리는 뒤돌아볼 수 없는 목소리로 헤어지는 날이 많았다 미안한 표정을 짓는 당신의 영혼에 비가 비친다

알약을 녹이는 입 안에서 기도 소리를 들었고 나를 바라보는 눈동자 속에서 수없이 떨어지는 유성우를 보았다 그 눈동자 속을 한 옥타브씩 오르다 흙의 감정을 밟고 오른다는 미안함에 나는 흩어지고

하루가 하루를 다독이고 있는 건 부서지는 흙의 감정을 그러모으는 일

잘 배운 이별이 시야를 흐릴수록 꽃을 편애했던 당신
의 미간이 흔들려 나는 미안해하지 않기로 하였다 당신
의 계절 속에 피어 있는 꽃의 감정은 미완의 환절기 속
에서도 살아갈 것이다

　어떤 마음을 빌려서라도

아일랜드

유목의 피가 흐르는 나는 이동을 위해 태어난 사람일까 바람은 얼마의 씨앗들을 오늘의 목초지로 날려 보내는 것일까

태양의 목줄을 끈질기게 물고 가는 양몰이 개가 있다면 뿌리를 훤히 드러낸 딸기나무의 간곡한 증언을 들었으면 좋겠다

풀을 말리고 건초를 거두기까지 옆으로 가던 산 그림자가 천천히 내려와 마을로 이어진 길을 지워 버리고 양털을 싣고 가는 나귀의 수레가 빈 수레로 되돌아올 때까지 의중만으로 쫓다가

들짐승의 서식지를 지나 오늘은 내가 만든 얕은 그늘에 앉아 물웅덩이 속에 번지는 의심을 들여다본다

오후의 양은 새로 사 온 밧줄을 뜯어 먹고 원로들은 번제에 쓸 양을 고르고 발굽에 스미는 붉은 안식을 두

드리고 있다

굽이 없는 짐승과 나는 한 울타리 안에 있어 양피지
에 적힌 예언서를 펼쳐 읽어 나가는 것으로는 잉여의 삶
이 허락되지 않았다

쉽게 잃고 난 뒤 찾는 평안처럼 무리를 떠나 홀로 나
리꽃 피는 분지에서 풀을 뜯는 양은 순백의 목자였다

한순간 해변

검은 얼굴의 아이가 있어
조류를 타고 해변까지 밀려온 대륙의 아이가 있어

뿔뿔이 흘러가는 하늘에 흰 수리는 원을 그리며 비
행하고 있어

거듭 얼굴이 풀어져
뭍으로 오르려는 눈꺼풀이 흩어져

반복의 역사는 번복되는 아이들로 가득해
창창한 것은 꿈의 세계야 검은 눈물로 적셔지는 땅도
있어

우리에게 바다는 수평선 너머에도 있지만
아이에겐 수평선 너머의 바다엔 해변이 없어

불시에 버리고 온 대륙처럼
감은 눈 속에서 모래 언덕이 푹푹 꺼지고 있어

반신반의하는 얼굴이 있어
간절함은 체험이 아니야 찢기는 세계에 발을 담그면
붉은빛의 인내가 필요해

국경을 물고 가는 새야
하늘을 균일하게 나누면 새들로부터 망명한 낙원이
있을까

한참을 뛰어가도 숨이 차지 않는 해변이 있어
검은 얼굴의 아이가 부르던 난민의 노래가 밀려 나가
는

알 만한 사람이

그러지 마라
알 만한 사람이 여기서 이러면 안 되지

그런 말 한마디 못 하고
불 꺼진 요가학원 옆에서 실랑이하는 연인을 보며 지
나쳤다

사람의 어둠 속으로 내몰렸을 여자의 목소리가 은사
시나무처럼 떨리고

두 사람의 비뚜로 나간 사랑보다 더 비뚜로 걷고 있는
나는 종이 인형을 접다 말고 나와 돌아오지 않는 가족
의 귀갓길을 걱정했다

배운 대로

숨을 한 번 들이마셨다 내쉬고
다시 한 번 크게 들이마셨다 내쉬고

두 눈이 박힌 종이 인형에 숨을 불어넣듯 숨을 고르
고 돌아서서 어둠 저편에 있는 남자에게 짱돌 같은 말
을 날린다

학습된 폭력은 습득이 빨라서

퍼레이드

나는 플랫폼을 서성이는 구름의 입자처럼 건널목 밖
으로 밀려 나간 저항의 걸음처럼 내리막을 모르는 목줄
을 잡고 기차를 기다린다 가야 할 곳이 있는데 깨끗이
흘러간 사람을 기다리듯 기차를 기다린다

어느 새는 어느새 엎드린 바닥에서 죽음의 냄새를 맡
기도 하고 날바닥과 날 새는 끈기 있게 나의 목을 조여
올 것이다

빼곡한 심장들 속에서 다 같이 선명한 꿈을 꾸는 날
엔 비의 이빨에 물린 듯 전신의 잔털이 흠뻑 젖고 저 바
닥에 깔린 잠이 나를 데려가지 않게 기도해 준다면 어
느 새는 예의를 갖추겠다고 길들여진 의식까지 따라오
곤 했다

케이지 안에 있을 때처럼 나는 여기에서도 하루에
한 채씩 영혼의 집을 짓는 사람의 이야기를 듣게 된다
사소하거나 지나가거나 어쩌면 나에게는 아주 특별한

간판 없는 점집이 성행하고 오늘의 운세는 벌과 용서를 동시에 말해 주기도 하는데

누군가가 나에게 돌아갈 길을 묻는다면 반려에 대하여 귀띔해 주고 싶었으나 어느 새 떼가 나의 살갗을 헤쳐 놓았으니 목줄에게 기색을 내비쳐도 될 것이다

밖은 지루한 혹한인데 퍼레이드에 참가할 사람들이 기차에서 내리고 있다 내가 저들 가까이 살았다면 좀 더 바르게 살았을까

갱도

딱히 올 사람이 없어서

마지막 보루처럼 암흑을 빨아들인 나는 누가 파 놓은
어둠일까 눈을 크게 떠도 나아지지 않는 시야로 사이렌
이 울렸다

오가는 통로가 좁아서 둥글고 순한 이마를 대고 발
파하였다

떨어지는 물방울을 마시며 한곳에 정착하길 바란 건
나였으나 어둠을 긁어모으던 손톱 밑으로 블랙홀이 생
겨났다

배밀이하는 광부처럼 귀를 대면 말문이 트여도 어둠
에 막히는 이명

지층의 두께만큼 내가 가진 바깥은 바스러지고 횡갱
이 넓은 내겐 어둠에 싸인 어둠이 유일한 덮개가 되었다

나를 고백하면 잦은 하혈을 하고 맥이 사라진 물이
스며들었다

갱목이 무너지면 갱도는 얼마큼의 어둠을 더 끌어안
으려 할까 한 어구의 속을 들여다보지 못한 것은 누군
가 뒤늦게라도 올 것 같아서였다

처음 마주친 벽에 시선이 고정되지 않아서 사방으로
튄 것이 나의 파편인지도 모르고 나는 잦은 재채기를
하며 갱목 하나를 소우주처럼 붙잡고 있었다

스테인드글라스

어떤 부름은 유사하여 유동적입니다

응시하는 신은 높은 곳에 있고
나는 거룩함에 매진하고 있는 종탑 아래입니다

내려다보고
견딤을 아우르는 사이

정오의 타종
정오의 타종을 물어 간 새

새의 외형은 날개가 아니라서 빛에 부딪쳤습니다

손을 내민 자
내민 손을 거두는 자
고백체로 떨어지는 한순간의 날개 또는 빛

종잇장 같은 슬픔이 지상에 모여 뜨거워지고

간극은 오갈 데 없는 세상 밖을 데려와 메웠습니다

지붕이 녹아내립니다
서 있는 것은 모두가 까치발입니다

하루 지나 하루만 펼쳐질 전능처럼

어떤 참회는 참 편리해
검은 얼굴로 창을 가려도 투명해지는 얼굴

붉게 물든 천장과 새의 양식은 고딕입니다
누구의 부음에도 답한 적 없는 경전입니다

히브리언

경작지 밖으로 주물을 가득 실은 마차가 지나간다 철과 사람은 다룰수록 단단해지고 주물은 녹아내리고 있었다

고사된 나무처럼 서 있는 서쪽의 형장 아래로 낮은 바람이 분다 한 줄기 바람으로도 폭풍을 예감하지만 내 속에 일고 있는 바람은 누구도 알아채지 못했다

화기火氣를 잘 다루던 사촌은 용병이 되어 원정길에 올랐고 달궈진 화살촉처럼 가문의 문양과 쇳물은 뜨거운 숨을 몰아쉬고 두터운 신의는 스스로 지키려는 자의 것으로 남겨 두었다

나는 내가 본 걸 말하고 당신은 당신이 들은 걸 말할 때 별의 배열을 보며 점성술은 천문으로부터 멀어짐을 직감하였다

다 알기도 전에 그들은 나의 모든 걸 가져가 버려 경

작지 밖으로 주물을 가득 실은 마차가 잇달아 지나가고
감사절이 되면 성벽과 십자가의 권위는 더욱 높아질 것
이다

　가까운 별들이 조심스럽게 이동하는 걸 보며 나는 미
래의 궤軌만 비춰 보았을 뿐 예언가는 아니었다

3부
다가올 외면들이
말을 걸어 오는 저녁

동피랑

　파꽃이 올라오면 짧게 잘라 주던 비랑*마을에는 바다가 내뿜는 소리를 온종일 끌어안고 사는 슬레이트 지붕이 있다 벽에 겨울을 덧바르며 돌아오는 아버지는 낡은 아코디언 상자처럼 주름진 소리가 자주 새 나왔다 아버지와 양조장 수양딸로 간 큰언니는 폐병을 오래 앓았고 우리는 파랑보다 먼저 피랑에 닿아 있었다 번지 없는 주막의 막걸리는 새 주전자에 담아도 탁주였고 너울성 파도는 돌아오는 길을 자주 덮쳐 왔다 아침이면 집과 집 사이로 너른 뻘 냄새가 올라오기도 하였고 해빙기에는 비랑 아래로 견디던 말들이 낙석이 되거나 낙서가 되었다

　팟국을 끓이는 동안 비닐로 된 들창이 저녁 대신 흔들리기도 하였다

*비탈의 사투리

69

자라는 턴테이블

한쪽으로 기우는 나무의 심장

어떤 힘으로 자라는 날씨의 끝은 언제나 당신을 편애하지 당신의 주머니 속 세상은 촘촘하고 그늘져 그 허밍으로 풀어 써야 할 말에서 나는 멈춰 있지

내가 닿아야 할 곳이 처음인 척
트랙을 따라 흘러가는 기분이 깃발인 척
한쪽을 편애하려는 막막한 세상의 한쪽 같은 나무
야

사이 없이 점과 선으로 그린 그림을 걸어 놓고 우리는 숫자로만 오늘을 이야기해도 될까

점점이 관계하거나 점점이 자라는 노래들

당신의 일과에 깔리는 낮은 음성은 한 사람에게는 처음이고 나에게는 마지막이 될 노래 같아

나무와 체온을 나누던 바람은 누구의 편이 될까

우리가 한때였다면 캄캄하게 우는 숲을 길렀을 거야
바람의 촉으로만 나무를 부르는 숲이 되었을 거야

한쪽으로 기울어진 간발은 몇 계단을 뛰어오르고 나
무와 나무 사이로 밟히는 우리는 속도를 조절하며 서로
를 건너고 있을 거야

연주 전 기다릴 줄 아는 음악가처럼 젖은 트랙의 절
반을 나는 남겨 두었지

우리는 적당한 시간을 갖기로 했다

너를 보내고 잠에서 깨도 새날이 오지 않을 것 같은 방으로 돌아와 궁지가 새는 골목과 차가운 침실과 유일하게 살아 있는 빛을 보며 좀스럽게 굴면 더 좀스러워질까 봐 실낱같은 구석들을 쓸고 닦았다

우리가 나눈 말들이 재난의 일처럼 어떤 행동지침에 빼곡히 적혀 있을지도 모른다

새날에서 먼저 내려와도 내 뒤의 축대 위에 올라앉은 뒷집과 옆집이 새파랗게 벽을 맞대고 있고 벽의 누수를 막을 수 없어 개나리벽지에서 개나리가 피기 시작하였다

미동 없이 엎드려 있다가 부스스 일어나 앉았다 처음 있는 일처럼 간격과 간격의 입맞춤을 본 듯 눈물이 돌았다

좋은 게 좋은 거라서

좋은 말을 하고 좋은 것을 찾아다닌다고 좋은 사람
이 될 수 있을까

별거 아닌 일이 별개의 일이 되기도 하여 내가 누군
가에게 좋은 구실이 될 것 같고 내게 휘둘리다 보면 나
는 잡혀 온 방향으로 흘러 거울은 표정이 없고 더 살필
것이 없어 초조해지고 오늘의 내가 빛 좋은 개살구처럼
빚 받으러 온 손님처럼 어림없을 것 같다가

좋은 게 좋은 거라서 나도 모르는 나의 죄까지 수긍
하게 된다

외탁의 나는 엄마의 허물보다 더 큰 거울을 뒤집어쓰
고 있어 우는 것도 자격이 있어야 울 수 있는 세상에서
오늘을 실컷 울 수 있는 사람이 몇이나 될까 생각하다가
넉살 좋게 앉아 정도껏 살자는 말과 부대끼려는 마음
사이를 오가며 내게 척지고 싶지 않아 엄마의 거울을
뒤로 돌려놓았다

맹반*

누군가의 입김이 필요합니다
고양이의 두 눈으로 보면 지금은 빛이 점멸하는 시간

　자주 한쪽 귀를 문지르는 것이 한쪽으로만 질문을 받
겠습니까 당신은 호기심으로 빚어진 난간의 표정

　그루밍 하는 그림자를 쓰다듬어도 좀처럼 무릎의 동
선을 알아볼 수 없어요

　아무것도 바뀌지 않았으면 좋겠어 진실이 때로는 맨
발로 빗물의 낙차를 계산하는 거라면 기꺼이 반경 내에
서 빈번해질 텐데

　수없이 찍힌 손금을 지우며 어둠 속에서 무리 지을
텐데 가느다란 잠을 붙잡고 정면을 일으켜 세울 텐데

　우리는 짝짝이 걸음을 걸었고 작은 구령으로 보폭을
맞추는 저녁이 오드아이**라면 함구의 빛은 어떤 역설

로 빛날까

　초점 없는 아이가 사력을 다하는 저녁
　종일 나는 벌서고 있는 아이처럼 당신 곁에 앉아 겉
을 핥지만

　다르다는 이유로 영원한 우화를 잃게 된다면 당신은
블루 홀 속에서 나를 펼쳐 보려는 것이겠지

　*빛깔이나 색을 느끼지 못하는 망막 시신경의 희고 둥근 부분
　**양쪽 홍채의 색깔이 서로 다른 눈

이방인

그믐이었지 달의 홍채는 빛이 났어 갠지스에서 전염
병처럼 바람이 불어와 화염에 몸을 씻고

하나뿐인 빌리는 종적을 감췄지 망루에 올라간 사람
이 붉게 흔들렸어 강은 어떤 어둠을 방언으로 채울까

당신은 왜
이곳에 망자로 남으려 하지

급하게 죽든
급진적으로 죽든
죽은 자들은 부활을 꿈꿔

아무도 끼어들지 않았어 동트기 전 동쪽에서 나팔
소리가 들렸거든 정원사 빌리는 긴 로브 자락을 끌며
은둔자처럼 마을 밖에 살아 떠버리 빌리와 연쇄적 빌리
는 마을에 남기로 했지 젊은 빌리는 한 명뿐이라 모두
들 나팔을 불며 떠나가고 마을에 남은 노인과 아이들

입엔 동전을 넣어 주었지

　까마귀 눈으로 나무처럼 말하는 아이야
　오늘은 누구의 목소리로 끝없이 노래를 부를 거니

　머리를 서쪽에 두고 잠이 들었지 꿈에서도 까마귀는
무리 지어 날고 있어서 말귀를 닫으면 손과 발이 묶여
갠지스에 입을 헹궜어 마지막으로 눈과 이마를 정화시
켰지

　벽제도
　이곳 갠지스도
　사람이 항렬에 따라 죽는 게 아니라고 연기는 매웠어
화장터에는 망자의 배가 있고 가끔 개가 사람을 물기도
했지

　언제나 붉게 이글거리는 빌리가 있었어

자율 배식

쏟아져 나오는 자율은 율법이 없습니다
공원에 서 있는 줄과 품이 헐렁해진 사람들은 최초의
입에 대한 연장입니다

멈추면 사라질 사람들이 무빙워크처럼 걷고 있습니
다

대역 없는 무대라 내려갈 수 없습니다
중얼거리던 한 사람이 사라져도 막간에 말이 떠오르
지 않습니다

내색도 없이
눈여겨볼 시간도 없이

사라진 방향에서 웅성거린다 해도 무슨 말을 하겠습
니까
사라진 사람의 체취가 두리번거려도 새삼스럽지 않
은 일입니다

공원이 한철이라면 밀려드는 나도 한철입니다
돌아서면 금방 엔딩으로 흩어질 우리지만 아직은 공
원의 구석입니다

쌓일 때마다 차가워지는 일인용 식기처럼
끼니마다 왜 일용할 양식에는 온기가 없을까요

쏟아져 나오는 자율은 율법이 없습니다
정오를 향해 걸어오던 맨 뒷사람처럼 식어 버린 건 내
가 아닌지

막간을 이용해 쉬고 싶지만
되돌아오는 무빙워크는 다시 태우지 않을 것입니다

지극히 개인적인 일

한 노인이 리어카에 매달려 오늘을 싣고 언덕을 오릅니다 굽이치며 떨어지는 해를 잠깐 끌어안은 노인과 언덕이 어두워지고

밤새 안녕을 구걸하던 옆집 노인을 눈여겨봤다면 정신 줄을 꼭 잡고 있으라 했을 겁니다 이웃의 죽음은 지극히 사적인 일이기도 하니까요 열린 문틈으로 덥수룩한 어둠이 힐끔거려도 이런 일로 마주한 것은 지극히 개인적인 일이니까요

다가올 외면들이 끝끝내 말을 걸어 오는 저녁

노인이 상相을 볼 줄 안다면 세상에 떠도는 소문을 다 말해 버리고 싶어 돌아오려 했을지 모릅니다 우리가 어렵게 이루려는 걸 누군가 손쉽게 이루는 걸 보기도 했을 테니까요

살면서 전력을 다해 본 적 있는지 풀어지는 안도가

쓸모 있는지 어디서부터가 삶의 무덤인지 묻고 싶은 게
많겠습니다만 한결같다는 말이 뼈 있는 말인지 그날은
알지 못했을 겁니다

　정신만 차리면 되는 줄 알았는데 정신 차리고 보니
이리 인색해서 되겠냐며 다시 오늘을 무르러 가겠답니
다

숲의 사람*

베라는 숲의 사람입니다
쓰러진 숲에서 버려진 나뭇가지를 숲처럼 안고 있는
베라입니다

나는 오두막에서
말린 엉겅퀴 꽃가루로 빵을 굽고 늙은 호박으로 잼을
만드는 중입니다

긴 팔을 가진 베라는 정령을 찾아 무엇이든 안으려
합니다
눈썹을 드러낸 숲과 긴 팔 사이로 내리꽂는 폭염은
뿔 같습니다

베라는 숲 냄새가 사라진 손바닥을 베고 낮잠을 자
려는 모양입니다
매일 자라던 숲은 수많은 나무를 굴려 강의 지류를
따라 떠나려는 모양입니다

태양에 가까울수록 구릿빛 살갗과 나무의 그림자가
전부여서
　　누가 뭐래도 베라는 숲의 사람입니다 나를 보고 가
끔 긴 팔을 내밀기도 하는

　　숲이 낯선 듯 길은 미끄럽고
　　지붕이 드러난 오두막은 오늘의 관처럼 평화를 믿으
려 합니다

　　베라에게 숲의 정령이나 숲속에 사는 유령을 이제는
믿지 말라고 해야겠습니다

　　나는 빵과 잼과 전날 따 온 오렌지와 바나나를 들고
베라를 부릅니다

　　숲의 사람이 되려 했습니다

* 말레이어로 오랑우탄을 '숲의 사람'이라 부른다.

소조기

물에 스민 시간으로 유속은 빠르고 물의 완력으로
개개인의 슬픔이 바다를 적시고 이미 젖은 모두를 다시
적신다

기다림이 사라진 곳으로 차오르는 바다

우리의 지레짐작에는 물의 수인이 찍혀 일조량이 쌓
이지 않는다 시간의 제방을 쌓듯 일렁이던 얼굴을 꺼낼
때까지 물의 결에 새겨진 자국을 따라가면 네게 가닿을
수 있을까 밟히고 밟히고 밟힌 흙 한 줌 쥐어 주며 길고
짧음으로 생을 갈음할 수 없다고 말한다면 영면에 들
수 있을까

언젠가 하얗게 부서지는 파도가 좋다고 하였다

잊힘이 슬픔의 다른 이름이라면 세월에 긁힌 문장이
눈에 밟혀도 조금의 바다에 조등을 걸어 놓아도 나는
물의 나라에 다시 오지 않을 것이다

붉은 바다가 물갈이를 한다 결말에 다다른 이야기처럼 아무 일 없었다는 듯 다시 잠잠해지는 바다에는 행방이 없다

꿈은 가파르고 밤은 길어

겨울은 폭설이 잦고 예민했다

한번 가 봐야 할 골짜기들이 많아 꿈은 가파르고 밤이 길었다 착해서는 부지런한 세상을 살 수 없어 하얗게 일렁거려 보려는 것이다

매사냥꾼처럼 토끼 가죽을 쓰고 구름에 쌓인 골짜기를 올려다보면 어디로든 갈 수 있겠다는 찬 눈빛이 몰려다니고

천재지변에서 누군가 살아 돌아온다 해도 나는 여전히 나일 것 같아 몇 개의 검은 심장을 가지러 갔다 단숨에 녹아내릴 것 같고 어제의 일이 대수로워지고

우리는 한 가족처럼 토끼 가죽을 쓰고 토끼굴을 찾으러 갔다 얼음 구덩이에 빈손을 넣어 보는 일이 잦았다 매사는 묶이고 손톱은 자주 닳아 정색을 하거나 생색을 내다가도

흔한 것이 천한 게 아니라 말했지만 한 개의 굴만 파
는 너의 바람도 평범해 보이진 않았다

서로에게 연민을 건네면서 필사적으로 사투를 벌이
는 일이라 나는 겨울을 물리적 고립이라 했고 너는 겨울
을 절대적 낙원이라 했다

짙어져 가는

나무의 질감으로 명암을 나타낸다면 너의 생기로 숲을 나열해 줄 수 있을까 염료 가득한 방에서 나무의 몽타주를 그리고 있었다

하얀색 시트를 젖히며 너는 의존적이야라고 말할 때 욕조에 몸을 담그고 싶었지만 물의 파장을 읽으며 나는 발색되어

벽 쪽으로 돌아눕다가 표본이 된 너를 바라보았다 무관심을 놓친 너의 궤도 안에서 나는 빙글빙글 돌아가고

소리가 끌려오지 않는 벽이었다 침묵의 자세에서 나를 꺼내 와 힘 있는 외침으로 덮어 버리고 싶었다

나를 능가하는 목소리로 다가올 어둠에 대해 소리쳤을 때 색색의 입술마다 슬픔이 묻어나

벽의 패턴을 외며 이명이 멈출 때까지 하얀색 외벽을

따라 걸었다 벽을 짚고 있는 손이 자라고 우리의 안색
은 자주 바뀌었다

　손을 되짚어 보다가 벽을 자주 놓치고 손가락 사이로
빠져나간 빛의 명암과 윤곽선 밖에는 맞물린 서로가 있
었다

　표본에서 명암이 갈라질 때 시간은 동일한 성질로 직
립을 하고 먼 시가지의 불빛들은 나를 잡아끌고

쇄빙선

하얗게 미끄러지는 발밑으로 시리우스처럼 고요하
게 빛나다 점멸하는 등이 있다

한때는 저 등燈을 자오선이라 생각했었다

겹겹의 내가 소진되어도 결빙의 기후 속에서 무사히
통과할 거라 믿었었다

심야극장을 빠져나가듯 가까운 곳에서 한 사람이 궤
적을 그으며 심해어처럼 극지의 바닷속으로 들어간다

아무도 밟지 않아 난반사되던 길은 무사했는지 놓고
온 말은 없었는지 누구도 물을 수 없었다

흘러가는 유빙이 심장을 원하듯 바다 위에 우리가
주석처럼 남아 있기를 원했을까

쇄빙선은 최초의 구원에서 떨어져 나온 전갈 같았다

어디에도 닿을 수 없는

유빙 유빙

누군가 흘러감을 말한다면 나는 하얗게 귀를 씻고
같은 곳으로 흘러갈 것이다

그렇게 우리는 서로의 죄책감만 비춰 보고 있었다

오늘의 문

총소리 나는 곳에서 엎드렸는데 총소리에 끼어 있었
는데 돌아보지 마 모든 주검이 따뜻할 필요는 없지 몇
개의 핏방울로 저녁 하늘은 붉어지려 해 벗어던진 문밖
의 날씨처럼 나를 밀고 있는 것은 푸른 눈의 파편들이
야 또렷이 오늘의 문을 기억하지 혼자서 빌다가 말을 바
꾸다가 끌어안다가 되돌아보면 여기는 온갖 소리로 가
득 차 있어 스스로 머리에 총구를 겨누다가도 새벽에 다
다르면 소용돌이치지 오늘의 문은 소리의 진원지를 꿰
뚫어 보고 있었을까 빈 사람으로 와서 빈 곳을 채우려
하지 마 겨를 없이 영면에 든 사람 앞에서 지금 울어 줄
한 사람이면 족하지 희망은 밝힐수록 죄를 짓게 되거든
경우를 따라 같은 문을 밀고 나올 때 탄피처럼 새 나가
는 것이 빛이라고

믿지는 마

4부

그 뒤로 연락이 닿지 않았다

한두 방울 떨어지던 안부가 폭우가 될 때

우리는 너무 익숙해서 등에 난 점을 세다 서로를 잊어버릴 때 밀려나는 울음을 예감할 수 있다 흔들리는 의자 위로 흐릿한 안부가 몰려올 때 한두 방울 떨어지던 안부가 폭우가 될 때 지난 삶을 적실 때

기댐은 구부러질 수 없어 당신은 순례자처럼 새벽의 일을 들키지 않으려 했다 모로 누운 등을 쓰다듬다가 당신은 참 멀기만 하여 만약 내가 추도사를 읽는다면 귀를 조금 열어 주시길

침구를 뒤집어 놓은 옥상에서도 많은 다짐이 뒹구는 새벽 거리에서도 두서없는 말이 끊이지 않기를 당신의 모습이 한 모양이 되어 갈 때 믿어 의심치 않기를

생이 위험하여 적적하지 않기를

동경

풀을 베고 눕자 천구가 열리고 등에 깔린 풀은 꿈꾸던 것을 멈춘다 당신은 비스듬히 누워 별의 일생에 대해 끝없는 이야기를 시작한다

하나의 별을 놓고도 헤아리는 마음이 달라 별의 환생은 계속되었다

어떤 말에 연신 끄덕여 주는 당신에게 표현이 부족한 나는 폭우 속을 걸어 나오듯 당신의 가파른 어깨 너머로 가곤 하였다

성간과 성간 사이에도 간이역이 있을까 우리의 간이역에는 공들여야 비로소 비춰 볼 수 있는 순행의 의자가 있다 당신이 흔들리면 천구도 흔들려 하루하루를 일렬로 세워 놓았다

저 빛이 다하는 날 당신의 이야기도 끝날 것 같아 나는 당신을 위해 점등인이 되기로 하였다

진심을 말할 땐 약간의 힘이 필요하듯 나는 매일같이 당신을 닮으려 하였지만 억지로 산다는 말이 억지스러워 이제야 풀을 베고 누웠다

　한 사람의 역사가 때때로 가파른 어깨 사이로 빼곡히 채워지기도 하였다

퀼트

오래된 나의 자리에 색을 입히면
내가 가진 낡은 물건 속에는 영혼들이 자란다

영혼은 엎드리고 있어 가까스로 번지는 너의 입김처
럼 보였다

깁고 기워도 흩어지는 자리에는
무심결에 곁을 만졌을 때 묻어나는 색깔이 있다

낮은 채도 때문일까
조망의 시간 속에서도 거울 뒤편에서 너의 표정을 지
어 보고 싶었다

움직이는 자리마다 손을 얹고 마음껏 만진다면
나는 지워질 때까지 너의 오래된 습성이 될 것이다

스스로 자처하지 않아도
진동하려는 말에 보풀이 일어 실재하는 것보다 사실

적으로 들릴 때가 있다

  빛이 발하는 순간
  너에게 토끼 귀보다 작은 신물信物을 달아 주고 싶었
는데

  손잡이처럼 서로가 서로를 잡고 있다가
  진공, 그런 말에 나의 자침은 방향을 잃는다

  기도의 시작과 끝에는 마지막 내가 있어
  내가 부재할 수 있다는 상실감이 생기기도 하였다

  눈에 익은 자리와 손에 익은 것은 사라지지 않아
  살이 차오르던 너의 그림자를 이따금씩 뒤집어 보거
나 껴안아 본다

강화도

인사말처럼 자주 보며 살자 했는데
지나는 길이라서 연락을 했다 겸사겸사는 넣어 두더
라도

보이는 게 전부는 아니잖아 자존심이 밥 먹여 주는
것도 아니고

먹고사는 일보다 더 어려운 일은 없을 거라는 말에
빠르게 수긍하려고 이맘때 바다 날씨를 찾아보게 되고

봐도 달라질 게 없고 보고 느껴도 막상 써먹을 데가
없더라

출입문에 '잡상인은 정중히 사절'이란 문구가 눈에
들어왔다

우리는 자주 거절이나 사양 앞에 정중함을 덧붙인다
정중히 거절하면 뜻이 바뀌기라도 하는 것처럼

자리가 불편하다며 너는 너의 자리를 지키러 가고
나는 맡기거나 맡아 둘 수 없는 자리가 사람을 만든
다고 생각했다

이른 저녁인데 바다가 보이는 창가는 빈자리가 없고
나는 자리가 사람을 만든다는 생각을 바다에 풀어놓았
다

불씨처럼 켜진 등대 뒤로 작은 배들이 출렁일 때 섬
은 섬사람이 잘 안다는 네 말처럼

출렁였는데

그 뒤로 연락이 닿지 않았다

생활의 기준은 타인으로부터

리셋

다들 어떻게 사시는지

건승을 빌며 송년회 참석 여부를 묻는 것이 누군가
의 바깥을 가리는 거라면, 실시간 올라오는 메시지를 읽
으며 지금부터 늦는 사람에 대해 확인하겠다면 리셋

잦은 관종은 우리의 일상
60초 후에 다시 리셋되는 삶은 축복일까

드라마를 빠르게 보거나 천천히 돌려 본다면, 하루
의 시간을 두 배로 늘린다면 조바심은 사라질까

가지 마 가지 마, 연속극 대본처럼 읽고 가 버리면 그
관계는 끝나는 걸까

누군가와 헤어지고 온 애인을 능숙하게 다룰 줄 안다

면, 처음이 서툰 거란 걸 알고 있었다면, 몸에서 멀어지
는 걸 눈치챘다면 나로부터 자유로울 수 있을까

연말이 기하급수적으로 늘어난다면 유종의 미를 거
둘 수 있을까 하루가 훗날 같은 거라면 두 번째 삶을 기
대해도 될까

당신의 생활을 업데이트하라는 메시지가 뜬다면, 요
즘 어때요?라는 말에 당신처럼 살아요라고 말하는 사
람이 있다면

다시 리셋

숲의 후기

나는 진초록으로 흔들리고 있어 풍경이 더 들어오기 전 숲속으로 안개를 불러와야 해

우리에겐 때 지난 시간이 멈춰 있어 붉었던 피가 우리를 지켜낼 줄 알았어 온전한 입김으로 숲이 숲의 생각에 젖지 않게 해야 돼

폭풍이 올 거래 나도 폭풍처럼 지내 왔어 서둘러 둥근 지붕 속으로 돌아가야 해 누군가 기다리는 집이 있다면 모르지만

나는 찔레나무보다 작고 몸은 지면보다 뜨겁잖아 머리 위로 태양이 끊임없이 지고 있어 생각해 봐 지구의 흑점 같은 둥근 지붕을

내 생각이 읽히는 건 좋지만 태양 너머를 한 묶음으로 묶었으면 해 희망이 깜깜한 눈으로 바뀌는 밤이야 어제는 숫기 없는 친구가 들어왔어

봉긋이 누워 자각몽처럼 울창한 꿈 이야기를 하려는 게 아니야 여럿의 나무는 무럭무럭 자라기 위해 스스로 경계를 만들지 가계家系처럼

그루터기에 앉아 하얗게 수염이 자라면 젖은 나무를 긁곤 했어 그때마다 마녀의 사다리를 타고 벼락 맞은 나무로 인영人影을 새기고 싶었어

자라는 숲과 사라지는 무덤과 사라질 수 있는 사람과 한시도 떨어질 줄 모르는 나를

계속해서 숲이라 불렀어

아이콘택트

실링팬이 도는 폭염의 방에 누워 너는 식물처럼 서식
해 간다 다행이라면 다행일까 삶에 더는 집착하지 않아
좋겠구나

흘려보낼 말이라 흔들려 깨면 더 큰 흔들림이 필요했
다

죽은 산호가 해변에 밀려와 부서지면 하얗고 고운 모
래가 된다고 방금 찍힌 발자국을 지우며 묻지도 않은 이
야기를 꺼냈다

너를 아는 것과 이해하는 것이 달라 혼자서는 불안
한 날의 연속이었다

바다는 의식과 죄의식 사이 협정처럼 잠깐 평화를 허
락하기도 하였지만 우리는 북상하는 태풍의 영향권에
들었다

피항하는 어선과 승객을 실은 여객선은 각각의 섬으로 미끄러져 갈 것이다

섬이 어떤 류類의 사람을 맞이할지 관심을 갖기엔 우리가 너무 먼 세상으로부터 와 있다

살다 보면 너의 일부분처럼 어떤 명징한 문장이 될 혜안慧眼은 있을 것이다

나이가 들면 사는 게 좀 쉬워질까 묻는 너에게 번거로운 일은 만들지 말자던 말이 과언은 아니었을까

바다는 일시적인 것들로 차고 넘쳐나고

봄날의 고양이

우리의 연애는 멜로드라마
애드리브는 사양할게 오늘은 여기까지야

꽃무늬 위에는 언제나 비가 내려
배꼽을 숨기고 사랑에 빠진 어항 속 금붕어가 오늘
을 구애하지

이별 장면을 넘기면 한낮의 졸음은 안녕
창가에는 궁금해하는 이마들이 떨어질까 말까

예보가 걷히는 창밖으로 하루건너 꽃비가 내려 당신
의 발자국에 찍힌 날씨를 기록하고 있지

빗방울 율동에 사로잡힌 나는
한 개의 우산을 고르기도 전에 젖고 있지

어떤 봄날엔 혼자 립싱크를 해
당신을 따라나서기엔 봄의 신앙이 깃털보다 가벼워

우산을 접고 돌아설 때 친절해지는 연습은 영원한
망설임이야

나의 머리를 쓰다듬어 주겠니
그렇다고 다독일 필요는 없어 건드릴수록 부풀다 꺼
져 버릴 테니

후드득,
이럴 때 우산을 펼치면
나의 낭만은 어떤 색으로 변해 갈까?

내가 너의 거짓말이 되어 줄게

너는 말뿐이라서 처음엔 너의 말을 가볍게 넘겼다

잎 모양이 다른 두 수종의 나무는 다른 시간 다른 곳
에서도 크게 자라 숲을 이루고

극과 극은 언젠가 통한다는데 같은 곳에서 온 우리
는 서로 밀어내기 위해 태어난 사람 같았다

안개 낀 숲에서 코요테의 습성을 공유하며 우리 말고
는 다른 대안이 없어 금서처럼 과묵해지곤 하였다

문을 열면 바로 호수에 비친 마을이 보여 깊은 눈으
로 마지막 사원이 되어 줄 누군가를 기다렸다

휩쓸리듯 사는 우리가 어느 시점에서 낡은 건물처럼
무너져 내릴지 궁금했지만

호수가 부르면 부리 긴 새와 호수의 다리가 나와 함께

출렁거려 마음만 받겠다는 너에게 어제의 내가 아님을 상기시키려 했다

나도 누군가에겐 불편한 사람이었다는 반증이겠지만 나를 적당히 묘사하지 않아도 오늘이 전부 거짓은 아닐 것이다

너는 여전히 말뿐이라 오늘만큼은 너의 모든 거짓말이 되어 줄 것이다

테라코타

안녕 나의 타일들
우리는 같은 모양 다른 새

정확하게 발음되지 않는 것들이 주고받는 온도처럼
떨어져 모든 것을 잃었다고 생각하는 순간 다가오는
것들이 있다

TV를 틀면
틀 안의 새들이
틀 밖의 새들이
모르는 인종들이 세세하게 살아가고

그 틀에서 우리는 각자의 가지런한 블루모스크
소란과 마주치는 한 컷의 구도처럼 날마다 색다른 지
문의 체온을 기억하면서

박제된 새처럼
벽을 뚫는 시선으로

냄새를 탐문하는 자세로
행렬과 종렬을 넘나드는 반듯한 대화처럼

눈 밖에 나 버린 잔여물은 언제든 물들 준비가 되어
있어
변색을 도모한다

잠든 새와 다른 꿈을 꾸더라도
냄새로 뭉치다 흩어지는 것이 온전한 밤이라고 말하
고 싶었다

틈틈이 생기는 새야
우리도 레고처럼 분리되었다 다시 맞춰질 수 있을까

쓰나미

당신이 떠난다 해도 물의 세계관은 흘러 다닙니다

다들 심각한 이야기만 해요 간밤에 무슨 일이 있었나요 벨

이국의 섬은 떠나는 상상만으로도 흠뻑 젖더군요

지금 아니면 갈 수 없어 기회가 된다면 마지막 날 당신이 가 보았을 야시장을 둘러보고 싶습니다

그날 해변을 걸으며 가까이 밀려와 출렁이는 달 표면을 만져 보았다 했던가요

지난밤 섬은 산 자들이 죽은 자를 호명하느라 섬의 대명사는 생존이 아닐까 싶었습니다

부서진 유리 지붕에 비친 하늘도 해일이 일어 하루 종일 하얗게 흘러내리더군요

섬,

　어디로 갈지 모른 채 당신은 여전히 이방인으로 남아 있을 테죠

　때로는 한낮을 나무늘보처럼 있다가 석양을 향해 흰 돛단배를 띄우기도 하는

　아름다운 섬만으로는 누구의 도피처도 될 수 없더군요 내가 당신에게 그런 사람이듯

　이미 젖어 버린 여행자를 만난다면 당신의 이야기를 순항 중인 바다에 풀어놓겠습니다

네네츠*

샤먼의 노래로 툰드라의 저녁을 불러오면

썰매를 끌다 저녁을 맞이하는 곳에서 나는 순록의 무리와 멈춰 설 것입니다

춤** 안을 비집고 들어오는 노란 햇빛 한 줌에 한없이 아득해질 것입니다

사람과 짐승의 눈빛이 짙어지는 그쯤에서 나는 마른 세수를 할 것입니다

순록의 붉은 피로 대지의 목을 적시고 그 대지를 끌어안고 동면에 든 곰의 잠은 아직도 순하기만 합니다

페치카 주변에 모여 샤먼이 들려주는 죽은 이들의 이야기에 아이들의 눈은 반짝일 것이고

모든 일에는 그만한 이유가 있다고 순록의 귀와 나의

귀는 서로 닮아 갈 것입니다

　순백의 순록이 산다는 더 먼 북쪽의 늪지대에서 연기
가 피어오르고

　땔감을 주워 온 네네츠족 아이들의 볼은 하나같이
빨갛습니다

　훗날에도 아이들의 빨간 볼에 오늘처럼 별이 쏟아지
면 샤먼의 이야기를 들으러 다시 올 것입니다

* '사람'을 뜻하며 러시아 북서부 아르한겔스크주에 있는 자치구
** 원추형 이동 천막

아스파라거스

아스파라거스를 굽는 저녁

양초를 켜면 너는 행복에 가까워진 느낌이 든다고 했어

식탁 한쪽에 놓인 작은 어항은 어디서나 눈 맞추기 좋은 자리에 있고

누군가의 흔적을 지우듯 어항 위로 물고기가 떠오를 때마다 신들의 이름도 같이 지워졌지

균열을 맞추려는 것처럼 한 세계가 한 세계의 멸망을 기록하며 지켜보려는 것처럼 이제 막 둥글어질 세상처럼

어항은 공실이 되어 갔어

너는 물고기의 생김새에 따라 신들의 이름을 마구 갖

다 붙였지

늘 터져 보고 나서야 아픈 말도 수용할 줄 알게 되는
데 우리는 각자의 바다를 묻고 돌아와서도 살펴보지 않
았어

극복은 극기나 선의가 아닌데

아스파라거스를 굽는 식탁 위로 한 세계가 쿵 하고
떨어지고

이제는 양초를 켜지 않아도 한때 우리 곁에 신들이
살았었다고 말하면

믿어 줄래

안부安否를 묻는 시간

전해수(문학평론가)

　이명선 시인의 첫 시집 『다 끝난 것처럼 말하
는 버릇』의 시편들은 『데미안』의 작가 헤르만 헤세
(1877~1962)의 시집 『낭만적인 노래들』(1899)을 떠
오르게 한다. 헤세의 이 시집은 실상 제목처럼 낭만적
인 시로 채워진 시집이 아니라 시인이 투영된 우울한
세계가 적시摘示되어 있다. 헤세는 소설가가 되기 전
인 젊은 시절에 이 시집을 펴냈고, 훗날 소설가로 주
목받았지만 평생을 멈추지 않고 시를 썼다. 일생에 단
한 편 묘비명에 새길 좋은 시를 남기고 싶다고 고백했
던 헤세는 열세 살에 이미 시인이 아니면 아무것도 되
지 않겠노라 다짐했었다. 헤세의 시 「젊음의 도주」와
같은 시에는 주변의 아름다운 풍경과 달리 화자가 겪
는 심리적 방황과 삶의 돌올한 이면을 발견發見하려
헤매는 불안정한 자아가 표출된다.
　헤세와 유사하게도, 이명선 시인의 시편은 삶의 외
연이 내면에 끼치는 영향을 간접적으로 드러내거나
자신에게 숨겨진 목소리를 표출하는 방식에 더 익숙
하다. 그러나 이명선 시인은 세계에 대한 자아의 이질

적인 태도가 순하지 않고 거칠며, 또한 분명하지 않고 모호하다. 시인은 사물에 비친 화자의 모습을 그대로 적시하기보다는 의심하면서, '반문反問'을 일삼고 있다. 끊임없이 스스로가 속한 세계를 되물으면서, 세계의 변화에는 거리를 둔다.

우리는 너무 익숙해서 등에 난 점을 세다 서로를 잊어버릴 때 밀려나는 울음을 예감할 수 있다 흔들리는 의자 위로 흐릿한 안부가 몰려올 때 한두 방울 떨어지던 안부가 폭우가 될 때 지난 삶을 적실 때

기댐은 구부러질 수 없어 당신은 순례자처럼 새벽의 일을 들키지 않으려 했다 모로 누운 등을 쓰다듬다가 당신은 참 멀기만 하여 만약 내가 추도사를 읽는다면 귀를 조금 열어 주시길

침구를 뒤집어 놓은 옥상에서도 많은 다짐이 뒹구는 새벽 거리에서도 두서없는 말이 끊이지 않기를 당신의 모습이 한 모양이 되어 갈 때 믿어 의심치 않기를

생이 위험하여 적적하지 않기를
　　—「한두 방울 떨어지던 안부가 폭우가 될 때」 전문

너무 익숙해서 오히려 봉인封印되고 만, 일상의 상처와 생활 속 번민은 두 번쯤은 몸을 뒤틀고 나온 이명선의 시와 마주한다. 이명선 시인의 첫 시집은 자아와 세계의 '안부'를 묻는 시간으로 채워져 있음이 분명하다. 헤세는 "향긋한 소리가 어떻게 흘러가는지/그리고 그 소리가 그때의 그 소리인지/조용히 서서 귀 기울이고 싶은"(「잃어버린 소리」) 지금, 나에게 오는, 세상의 소리를 듣는 어느 날의 귀를 통해 "잃어버린 소리"에 자신을 맡기고 있는데, 이명선의 시 역시 익숙한 것들에 의문을 제기하는 시편들이 자주 눈에 띈다.

시집의 4부에 자리한 「한두 방울 떨어지던 안부가 폭우가 될 때」는 역설적이게도, "안부"라는 단어를 통해 익숙한 사물이 "폭우"를 만날 때처럼 불현듯 낯설어지는 감정의 순간과 마주한다. "폭우"는 "안부"와 어울리는 단어가 아니나 이명선의 시에서는 이 "안부"와 "폭우"가 절묘하게 대치되면서 획일화되지 않은 표현법으로 강한 인상을 남긴다. 그렇다. 안부는 "너무 익숙해서" 잊어버리는 관계처럼 혹은 별안간 찾아든 "폭우"에 "침구를 뒤집어 놓은 옥상"의 안부가 중한 찰나처럼, "잊어버"린 그때를 거슬러 찾아가는 시간으로 돌연 그 정체(성)를 드러낸다. 그러니까 "안부"를 묻는 때는 당신이 "참 멀기만" 하다고 느끼는 바로 그 순간이다. 또한 안부가 궁금한 관계와 안부를 묻지 않는 관계 중 어느 편이 더 멀까에 대해 시인은 적시하고 있는 듯하다. "안부"는 측근에게는 구태여 묻지 않는 '인사'이기도 한 것이다.

무릇 "안부"는 침구를 널어놓은 옥상에 한두 방울 빗방울이 떨어질 때의 이부자리를 걱정하는 마음으로, 격정적인 "폭우"의 시간으로까지 확대되어 나아간다. 절명絶命의 혹은 위태로운 "울음을 예감"하는 그 순간은 너무 익숙해서 묻지 않은 안부를 발견한 시간의 '외로움'에 대해 일깨워 준다. "폭우"는 지난 삶을 적시며, 다가와, 돌연 "안부"의 중요성을 상기하는 사물로 확장된다. 폭우처럼, 위험을 느끼는 대상을 맞닥뜨린 그때에 이르러야 비로소, 가장 가까운 이의 "안부"는 일상을 뒤흔드는 "폭우"의 사태로 절실한 물음 question이 되는 것 아닐까.

형이 잠깐 보자고 했다 형을 보는 일처럼 마음이 분주해지는 나의 과거형 안 본 사이 늙어 더 형이 돼 버린 그런

형

한때 우리의 안녕을 바란 적 있지만 한순간을 사는 우리는 불을 켜지 않아도 비치는 과거형

성수역일 수도 어쩌면 그다음 역일 수도 있지만 무엇을 말해도 바뀌지 않고 지나가서 믿는 게 진실이 되는

받아들일 건 받아들이자고 싫은 건 싫은 거라고 딱 그쯤에서 슬픔을 내려놓게 한 과거 형

모든 걸 함께하자며 서로를 너라 부르던, 선택의 순간에 문득 떠오르는 너라는 이야기가 이제 막 시작되는데

개찰구를 빠져나가는 과거형

익명의 사랑과 차명의 사랑 중 형은 어떤 사랑이 먼저 식었을까

—「과거형」 전문

대부분 미래보다 과거에 집착하는 이유는 세계에 대한 기대가 없기 때문일 것이다. "과거형"은 지난 일에 대해 의심하고 되묻는 대상으로 시인에게 선택되었다. 서로를 제대로 확인하지 못한 우리의 지난 관계

는, 익명의 사랑이었는지 차명의 사랑이었는지는 알
길 없다. 이미 과거의 일이므로 이제 와 알아도 소용없
다.

위 시는 "형"이라 부르던 당신과의 관계에서 착안
하여, "과거"가 된 지난 감정의 변화를 개입시키면서
"과거형"으로 다시 탄생한 "형"의 존재에 새로운 의미
를 부여하고 있다. "과거형"의 명명은 그래서 시인의
매우 재치 있는 표현이 아닐 수 없다. 과거의 형이자
과거형이 된 "너"는 미련 없이 "개찰구를 빠져나가는"
이미 '식은 사랑'을 대변한다. "모든 걸 함께하자며"
"너라 부르던" "형"은 이제 없다. 과거의 형 혹은 "과거
형"이 된 "형"의 의미와 "무엇을 말해도 바뀌지 않"는
오늘의 현실은 분명 "받아들일 건 받아들이자고 싫
은 건 싫은 거라고 딱 그쯤에서 슬픔을 내려놓게 한
과거"로 공표公表된다. 이제 '너'는 애착도 연민도 남지
않은 "과거(의)형"에 다름 아니다.

　　구 안을 배회하는 시계는 지루해
　　사시의 눈처럼 동시에 말하고 싶었는데

　　자책,
　　그런 거 하지 마세요

말없이 지나치는 말 위로 흐르는 것은 현상現像할 수
없는 현상

직접 닿는 조명으로 시간 날 때마다 껍질 속 기분을 빌
리고 몇 가지 밝혀진 진실을 말하고 싶었는데

말 안 해

기본과 기분 사이
거푸 물에 헹궈내도 실핏줄 같은 실마리가 없는 타원
형의 행성

끓는점을 지나
좁아지는 산도를 지나
숨죽이며 부풀던 알집을 터트리고 비행운처럼 맞이할
까

원형은 외통수,
그 안은 밖의 세계보다 깊은 외계라서 숨 쉴 때마다 유
사한 기분이 되돌아올 확률은 얼마나 될까

가령,

무너져도 금방 복구되는 안면처럼

실마리 없이 돌아다니는 세계는 지루해 사라질 수 있
을 만큼만 자라나는 나라서

—「탁란하는 기분」전문

세계와의 거리는 위 시에서 '알에서 깨어나 다시 태
어나는 기분'(탁란하는 기분)으로 묘사된다. 시인이
지닌 일정한 세계와의 거리는 오히려 세계(타자)를 구
분하는 판단력으로 행사되고 있다. 시 「탁란하는 기
분」에는 "자책"하지 않고, 한 세계를 지나 알을 깨고
다른 세계를 맞이하는 담담한 화자의 '기분'(시인은
이를 '기본'이라고도 표현하고 있다)을 그리고 있다.
헤세도 『데미안』에서 '새는 알에서 나오려고 투쟁한
다. 알은 세계다. 태어나려는 자는 하나의 세계를 깨트
려야 한다.'고 명시하였지만, 세계는 "탁란"에 의해 이
세계(알 밖)와 저 세계(알)로 분리된다.
　이명선 시인 역시 세계의 안과 밖을 나누어 "구 안
을 배회하는 시계"의 의미를 부각하면서 시간의 경과
를 분명히 하고 있다. 시간의 변화로 인해 "기분"이라
는 "기본"이 없는 "구 안에서" 배회하는 불통不通의 감
정이 표출되며, "탁란"이라는 "현상現像할 수 없는 현

상"으로 구획된 다른 세계로의 이동은 소통疏通으로
바라보고 있다. 이미 익숙해진 "세계는 지루해 사라
질 수 있을 만큼만 자라나는 나"를 인정하는 모습으
로, 다른 세계의 진입을 "수월"하게 이동시킨다. 이때
에 '수월한 세계'로의 이동은 결국 이명선 시의 (궁극
적인) 지향점이기도 하다.

그럴 만했겠지만 그럴 리 없다는 생각에 나도 모르게
되돌아서서 이 밤과 쓰고 남은 몇 개의 위로를 동봉해 보
냅니다 우리의 순간들이 조금은 수월했으면 좋겠습니다
순간순간이 아무것도 아니게 되는 순간까지
—「시인의 말」 전문

여기, 시인의 말이 상기되는 이유 또한 그의 시가
향한 곳이 '위로'와 '수월성'에 있다는 점을 알게 되었
기 때문이다. 이명선 시인은 시집을 펴내며, 어려운
"순간순간이 아무것도 아니게 되는 순간"을 시의 합목
적성 즉 "위로"의 시간으로 아로새기면서 이러한 "위
로"야말로 오늘을 묻는 '안부'에 다름 아님을 상기하
고 있다. 안부처럼, 위로처럼 다가오는 시가, 수월(성)
을 말하는 이명선 시의 시간 속으로 촉촉이 젖고 있
다.

검은 얼굴의 아이가 있어
조류를 타고 해변까지 밀려온 대륙의 아이가 있어

뿔뿔이 흘러가는 하늘에 흰 수리는 원을 그리며 비
행하고 있어

거듭 얼굴이 풀어져
뭍으로 오르려는 눈꺼풀이 흩어져

반복의 역사는 번복되는 아이들로 가득해
창창한 것은 꿈의 세계야 검은 눈물로 적셔지는 땅도
있어

우리에게 바다는 수평선 너머에도 있지만
아이에겐 수평선 너머의 바다엔 해변이 없어

불시에 버리고 온 대륙처럼
감은 눈 속에서 모래 언덕이 푹푹 꺼지고 있어

반신반의하는 얼굴이 있어
간절함은 체험이 아니야 찢기는 세계에 발을 담그면
붉은빛의 인내가 필요해

국경을 물고 가는 새야

하늘을 균일하게 나누면 새들로부터 망명한 낙원이
있을까

한참을 뛰어가도 숨이 차지 않는 해변이 있어

검은 얼굴의 아이가 부르던 난민의 노래가 밀려 나가
는

—「한순간 해변」 전문

하여 그의 시는 표류하는 "검은 아이"의 세계를 함
께 떠돈다. 위 시는 난민이 되어 "조류를 타고 해변까
지" 떠밀려 온 아이를 시화詩化하고 있다. "검은 눈물
로 적셔지는 땅"을 떠나 "해변"으로 망명한 아이는 죽
은 아이다. 아이의 "감은 눈 속에서 모래 언덕이 푹푹
꺼지고 있"다. 세계가 소멸하고 있다. 그렇다면 "망명
한 낙원"은 달리 없는 것일까. "검은 눈물로 적셔지는"
반복되는 (난민의) 역사에 대해, 번복되는 (난민) 아
이들의 비극에 대해, 시인은 '위로'의 목소리와 망명자
의 '안부'를 묻는 시의 음성으로 이를 토로하고 있다.

당신의 추도식이 있는 성당 맞은편으로 주말이면 플
리마켓이 열린다 자유로운 추모 속에 사이프러스 이파

리가 반짝이고 어린 무법자의 양손에는 아침을 씻어낸 작은 고양이가 안겨 있다

철망을 넘어 돌아오지 않는 아이들이 생겨나 빗장에 걸어 둔 오후가 여린 맥박처럼 몰려다녔다

막역하던 한 사람이 막연해지는 동안 우리는 언제나 호의적인 사람 곁에서 아름다운 착지와 희망을 이야기 한다 어둠이 기거하던 철망 너머 불 꺼진 방과 저무는 도시의 창문을 장밋빛으로 물들일 수도 있다

당신의 날씨에서 빠져나온 오래된 종려나무 화석과 여러 지명이 찍힌 낙과들이 물들어 갈 때 고양이 앞에 웅크린 무당개구리의 점액질에서 치명을 빼면 무엇이 남을까

죽이 잘 맞던 애인과 둔덕이 많은 도시를 찾다 잠든 밤에도 네일숍 간판은 여전히 깜빡이고 곳에 따라 흩 뿌리는 비

여긴 대체로 일조량이 적어 아침에 눈을 뜨면 확신이 들거나 수월한 일이 없었다

—「막역하던 사람이 막연해질 동안」 전문

세계를 잃은 자에게 주말이면 "추도식"과 "추모" 행사가 반복되듯이 일상적인 일은 비극적이다. 무릇 "플리마켓"이 열리는 공간과 "추모"의 장소 사이에는 "철망"이 존재한다. 유행처럼 번진 질병을 겪은 우리에게는 잦은 추도식을 열게 하는 상황과 생生을 이어 가기 위해 플리마켓이 열리는 공간 사이에서 이중적인 감정이 오간다. 동시에 "막역하던 사람이 막연해"지는 현실을 체감하게 된다.

막역하던 사람이 막연해지는 상황이란 황망慌忙하기 마련이다. 그 황망함은 "어린 무법자의 양손에" "아침을 씻어낸 작은 고양이"가 들려 있다는 표현으로 극대화된다. "철망을 넘어 돌아오지 않는 아이들"처럼 간절한 기다림이 있는 자에게 막연한 사람과의 경계를 허무는 최악의 사건은 '죽음'일 것이다. 그런 뜻에서 "치명"은 "고양이 앞에 웅크린 무당개구리의 점액질"만을 지칭하는 것은 아니다. "치명"은 오늘을 견디는 우리에게로 되돌아와 극복하기 어려운 모든 상처를 들춘다.

나는 플랫폼을 서성이는 구름의 입자처럼 건널목 밖으로 밀려 나간 저항의 걸음처럼 내리막을 모르는 목줄을 잡고 기차를 기다린다 가야 할 곳이 있는데 깨끗이

흘러간 사람을 기다리듯 기차를 기다린다

　어느 새는 어느새 엎드린 바닥에서 죽음의 냄새를
맡기도 하고 날바닥과 날 새는 끈기 있게 나의 목을 조
여 올 것이다

　빼곡한 심장들 속에서 다 같이 선명한 꿈을 꾸는 날
엔 비의 이빨에 물린 듯 전신의 잔털이 흠뻑 젖고 저 바
닥에 깔린 잠이 나를 데려가지 않게 기도해 준다면 어
느 새는 예의를 갖추겠다고 길들여진 의식까지 따라오
곤 했다

　케이지 안에 있을 때처럼 나는 여기에서도 하루에
한 채씩 영혼의 집을 짓는 사람의 이야기를 듣게 된다
사소하거나 지나가거나 어쩌면 나에게는 아주 특별한
　　　　　　　　　　　　　　　　—「퍼레이드」 부분

"사소하거나 지나가거나 어쩌면 나에게는 아주 특
별한" 것이 생生이기에 시인에게는 바로 이 생生이 시
詩와 다름없는 것일 터이다. 그러나 이 사소함과 지나
감과 특별함은 쉽게 맞이할 수 있는 것이 아니다. 시인
은 "저항의 걸음"으로 혹은 "비의 이빨에 물린 듯 전신

의 잔털이 흠뻑 젖고" 나서야 "영혼의 집을 짓는 사람의 이야기"를 향하게 된다. 반복되는 행렬처럼, 퍼레이드가 가야 할 곳이 지정되어 있다는 듯이 시인은 목적지가 있는 "기차"를 (하염없이) 기다린다.

내려다볼 수 있는 미래는 더 먼 미래로 가야 볼 수 있을까 말린 과일을 접시에 담으며 먼저 늙겠다는 네가 어느 순간 늙어 시계가 걸린 벽을 바라보았다 너의 테 없는 안경을 쓰고 양 떼가 이동 중인 초원을 거닐 수 있다면 움트는 새벽을 맞게 될지도 몰라 그간의 일에 슬픔이 빠지고

사람의 손을 네가 먼저 덥석 잡아 줄 리 없으니 내가 아는 너와 지금의 너는 다른 사람일 수도 있겠지만 다시 너에게 오는 사람이 지금의 너를 알아봐 주는 사람이면 좋겠다

나는 살갑게 네가 올려다볼 세상을 상상하면서 조금 더 늙어 버려 식탁에 앉아 말린 과일을 놓고 생애주기가 다른 바다생물 이야기에 벌써 눈부신 멸망을 본 듯 말하고 있다

다 끝난 것처럼 말하는 버릇을 우린 아직 버리지 못

해서

—「다 끝난 것처럼 말하는 버릇」 전문

요컨대 이명선 시인은 시가 도착해야 하는 지점이
바로 '안부'와 '위로'를 묻는 일이라 여기는 듯하다. 더
구나 이명선의 시에서 '안부'나 '위로'는 당신에게 묻거
나 스스로 말하지 않는 순간에도 흐르는 물같이 자연
스럽게 (시 안에) 스며 있다.

우리가 속한 세계를 과거와 현재, 미래로 나눈다면
미래는 상상이 가능한 미래와 더 먼 미래가 존재하고,
이 가운데에 너와 나 사이에는 도무지 알 수 없는 아
주 먼 미래, 그보다 더 먼 거리가 행성처럼 떠돈다. 그
러므로 '다 끝났다'는 것은 (도무지) 완성이 아니라 당
연하게도 포기나 절망에 가깝다. 절망한 자는 '버릇'
처럼 포기抛棄를 반복한다. "눈부신 멸망"으로 환원된
늙어 버린 시간 속에 그들은 "다 끝난 것처럼 말하는
버릇"을 안고 절망하며 살아간다.

그러므로 시와 시 바깥에는 모두의 안부安否를 묻
는 시간이 필요하다. 그 시간의 속수무책이 이명선의
시에, 시로, 우리 곁에 지금 가까이 와 있다. 이명선의
시는 안부를 묻는 시간 속으로 스며 있다.

다 끝난 것처럼 말하는 버릇

2022년 6월 3일 1판 1쇄 펴냄

지은이   이명선
펴낸이   김성규
편집   김은경 김도현
디자인   신아영
펴낸곳   걷는사람
주소   서울 마포구 월드컵로16길 51 서교자이빌 304호
전화   02 323 2602
팩스   02 323 2603
등록   2016년 11월 18일 제25100-2016-000083호

ISBN 979-11-92333-14-4 04810
ISBN 979-11-89128-01-2 (세트)

* 이 도서는 2020년도 아르코 문학창작기금 지원사업에 선정되어 발간되었습니다.